U0105659

我的小煮意
Picture Cookbook

捷安特·潘达 著

中国画报 出版社

这绝对有别于那些按照中西餐分类，或者养生美颜功效分类的美食食谱！这是一本烹调生活的心情日记食谱！

会生活的人，一定会烹调。不同的是，不是只把美食摆在读者面前就可以表达出烹饪时的感情，更重要的是可以把食谱当作日记来倡导一种热爱生活，热爱烹调的心态！

随着食谱日记的不断更新，Xilomopark 的烹调技能也随之不断增强！

感谢潘达的食谱日记，使得宅人 Xilomopark 在家就可以轻松享受自己烹饪的美味心情！

——Xilomopark  时尚杂志撰稿人

对厨房一向很抗拒的我在看到这么卡瓦伊的食谱后也忍不住试着去做了。而且很成功，不用费多大力就能做出又好吃又好看的菜。打电话告诉妈妈我也会做菜，她还不相信呢^^。现在我男朋友也夸我手艺好，每天都把菜全吃完。

——桃子  在日留学生

潘达的书就是那么美味，让人回味无穷，我的工作就是分析信息，所以我分析，这本书很棒很搞笑～

——Cody  微软分析师

POCO 美食 DIY 达人， 颠覆传统食谱。

最具趣味风格的私人厨房绘本！

——小魔  POPC 美食网编辑

你知道女人再美丽也是make no sense的，要会煮菜会煮好吃的诱人的菜才能让男人总是想提着包包回家扑到小圆桌前看着一桌热乎乎的菜无法把持自己。于是，MELINDA经常很自豪地打开潘达达的网页给身边的男同学看，每次男童鞋们都大呼这是谁啊谁啊介绍给我吧！好一个尤物啊，哈哈。我一直知道潘达达同学是个很会生活的人，因为至今我还会不时地看到自己的生活中留有她的痕迹，可没想到她已经开始进军美食领域，貌似那些菜名还是自己取的，配有图画和步骤，一如既往的贴心。那，就让更多的人来分享潘达达的美味食谱吧！

——MELINDA 学生，潘达的朋友

柔软善良的心中充斥着美丽的梦想，让人感受生活的多彩，如同品尝美食一样让人味蕾绽放……

——晶晶 自由职业者

书中没有黄金屋，书中亦无颜如玉。书中却有美佳肴，书中更有Q-picture。

——沈扬 "视觉同盟"执行副总编

一本特别的书！不仅仅是一本简单的食谱，更贴近我们日常的生活。让我们在饮食中去体验烹调的乐趣，去感受生活中的韵味，去释放对生活的态度和热情。

——水果 设计师

girlish,tasteful and fashion
This book really smell delicious
003.

嗯，达应该是受到了 Wii 游戏里"料理妈咪"的影响吧！每道菜感觉都很 Q，看完有一种莫名其妙的满足感。

——Jose　专案企划

孩子不爱吃饭是我最头痛的问题。这本食谱帮了我大忙，简单的几个步骤就可以把菜组合得这么美妙，孩子居然主动要求吃菜了。

——蜜糖妈　全职主妇

2007 年到现在，唯一能让我走进厨房的就是潘达的"小煮意"了。

——魔兽男　宅男

看着这本菜谱，我可以白嘴吃下一大碗米饭。

——熊逸　《春秋大义》的作者

请大家都精心做饭，好好吃饭，努力画漫画吧，这是一种积极的生活态度！看完这本书，你才能明白。

——陈江　图书策划编辑

用漫画来教人做各种各样新鲜有趣的美食，我是第一次看到。这本温馨、有趣、幽默的绘本我郑重向大家推荐。

——小小白　新浪读书频道编辑

这个食谱绘本的内容逗得我只想笑，但是，我决定洗心革面了——明天起，我要照着这本书学习做菜！做一个"小煮妇"！

——陈妍　搜狐读书频道编辑

可爱的漫画小菜谱，做出来的美食好诱人！的确与众不同，我相信它会受到大家的喜欢。

——书女 腾讯读书频道编辑

创意跨界到食物，原来可以这样好玩 这样让人有食欲！

——苏静  图书策划人

时间：某深夜。

人物：某编辑。

道具：潘达同学的《我的小煮意》。

事件：深夜，某编辑幽灵般披头散发地从床上弹起，怨念的目光缓缓地在屋子里游荡、游荡……半晌过后，拿着一本类似菜谱的东东，伸着胳膊幽灵般躲闪进了厨房，缓缓拿起菜刀，幽怨的目光再一次闪起……

哦，请原谅，我是一本恐怖悬疑杂志的编辑，我只是想描述一下看完《我的小煮意》后，我做早餐前的准备过程。

——《悬疑志》编辑  鱼悠若

Picture Cookbook

❤ 我的小煮意

美味的早餐开启一整天的好心情

目录

家里的幸福味道

— 家是一切的起点，
也是最终的归属

厨房功夫

潘达妈的小黑板

182. 后记：人人都是食神

前言

爱生活，爱厨房

　　转眼离开家，离开妈妈已经七年了。想家的时候总是想到老妈做的菜，一碟青菜我都想用世上最美好的词来赞美，全因里面满是爱的味道。

　　关于爱，有太多的表达方式，妈妈用饱含深情和期望的食物来爱我，而羞于表达的我用照顾好自己来爱妈妈。照顾好自己，就算一个人也要好好吃饭，用大大的爱面对每一天，快乐健康地生活，不让爱自己的人担心，这，也是一种爱。

捷安特·潘达子 4月26日晚饭后

序 熊猫啊，别看她这么爱吃会吃，其实她不胖

看着熊猫爪爪这里一爪那边一挠，变出一道么美味来，
不擅煮的浦丫丫一度淡忘了自己的短处……

翻面……
翻~面

看来啊～从量变到质变是需要过程的。熊猫
同学这本美味的小书，坚定了丫丫找她蹭吃蹭喝
的决心！

对了，我还有个重要的任务，就是……就是……
熊猫啊，别看她这么爱吃会吃，其实她不胖，不
是假的，这句不是我们俩商量好的哦～

浦丫丫 证明

勇敢的人会获得更多快乐
——烹饪跟品尝都是
一场探险

小时候以为汤圆和元宵是同一种食物的不同名字,可是大人们说这两种食物在做法上是不同的.可是,可是,吃上去不都一样嘛!大人的世界真是复杂!

软糖

糯米粉

热牛奶

面包渣

糯米粉与牛奶混合
搅拌成团

→

软糖
糯米团

将软糖包进糯米团,
搓成丸子

在丸子上裹上面包渣.如裹
不上可在丸子上蘸上水再裹.

014.
Picture Cookbook
Monday, Tuesday, Wednesday... everyday I need this book!

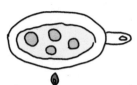

油热后用小火把丸子炸成金黄

沥去丸子上的油

一句话营养

经常食用糯米可治疗胃虚寒所致的反胃、食欲减退，神经衰弱，肌肉无力，体虚神疲，妊娠腹坠胀等症。

tips

1. 炸的时候一定要小火，丸子变金黄后马上捞出

2. 冷却后食用Q心口感最好

用美食调戏你！

腐竹海蜇丝

每一道菜都像人一样有个性.有些活泼大方,有些温文尔雅...有韧劲的腐竹配上果断的海蜇丝.那.应该是个神秘的女子。

即食海蜇丝　白醋　麻油　盐　白糖　花椒粉　葱末

熟白芝麻

→ 调料混合物

腐竹

撕成小条
(柔了之后)

⇓

用凉水泡软　⇒　用沸水烫熟

一句话 营养

海蜇含有人体需要的多种营养成分，尤其含有人们饮食中所缺的碘，是一种重要的营养食品。

海蜇丝与腐竹丝混合

调料混合物

依次加入醋、麻油、盐、糖、花椒粉混合物、葱末、芝麻

tips:

腐竹用凉水泡才能均匀地泡软，用热水会使外层泡烂而内层还是硬的。

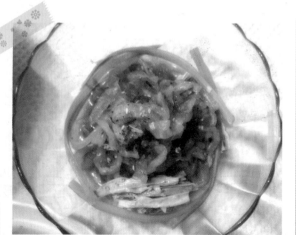

食不言，寝不语

This book really smell delicious
girlish,tasteful and fashion
017.

皇家菜卷

贡菜有很多名字，但一个"贡"字让这个脱水蔬菜和华丽的皇家菜扯上了关系。人靠衣装，菜靠名装！

贡菜   竹荪   花椒粉   盐   麻油   熟白芝麻

沸水大火烫 1分钟

将贡菜塞入竹荪密实的尾部

去掉头部的竹荪

头

头部

泡发的竹荪

尾部

竹荪

用凉水泡发   麻油   烧热

撒上花椒粉、盐，
淋上热麻油
最后撒上芝麻

tips:

竹荪头部可扔进
汤中增加香味，
千万别扔掉了^_^

讨厌饭桌上繁琐的礼节！

一句话营养

贡菜，含有丰富的蛋白质、果胶及多种氨基酸、维生素和人体必需的钙、铁、锌、胡萝卜素、钾、钠、磷等多种微量元素及碳水化合物，特别是维生素 E 含量较高，有"天然保健品，植物营养素"之美称，是美容抗癌佳品。

火腿饭卷

有饭香会觉得心里踏实, 可是每天都面对白米饭和几盘菜, 这种踏实又变得无趣

圆火腿片　　姜　　XO酱　　盐　　白芝麻

米饭　　　　虾　　　　在火腿片中间放上米饭

⇓　　　　　⇓　　　　　　⇓

保留头、尾的壳

米饭趁热拌入　　虾、姜片、盐煮　　一端放上虾
适量XO酱、盐　　成盐水虾

用饭粒粘合

饭粒

卷起炯腿片

虾营养丰富，含蛋白质是鱼、蛋、奶的几倍到几十倍；还含有丰富的钾、碘、镁、磷等矿物质及维生素A、氨茶碱等成分，且其肉质松软，易消化，对身体虚弱以及病后需要调养的人是极好的食物。

撒上芝麻

做吃的能让心情变好

从前有一只熊
它的职业是网管
它是一只敬业的网管
它每天都要钻进机柜
检查设备有没有好好工作
后来
它变成了机柜的形状
于是
它的名字变成了
机柜熊

机柜熊身边的东西都是方的
主板是方的
显示器是方的
......
机柜熊也是方的
机柜熊喜欢方形的一切

可是
为什么我们生活的地球
偏偏是圆的?
机柜熊很纳闷

为什么太阳不是方的?
为什么云不是方的?
为什么雨滴不是方的?
为什么就连小雨伞也不是方的?
机柜熊不喜欢不是方形的世界

This book really smell delicious
girlish,tasteful and fashion
023.

方々的机柜让机柜熊觉得
很安心
很舒服
很放松
很很很很……
用世界上最好的词汇都无法形容

于是
机柜熊钻进机柜

因为
机柜里的世界
是方的
机柜里的世界
是机柜熊最熟悉的

To:经常被别人说"沉浸在自己的世界里"
的人们
我知道你的世界里
有鲜花
有彩虹
有最新鲜的空气
因为
我也是活在我自己的世界里的呀!♡

From:机柜熊

我也是活在我自己的世界里的呀!♡

酱烤茄子

也是种奇怪的蔬菜,虽然都是披着油亮的紫色外套,有浅绿色的肉,可有时候它却是这个样子 嗯.和人一样有高矮胖瘦之分。

茄子　　　黄豆酱　　　大蒜　　　番茄酱

捣成茸

对切开,在切口面划十字型(不要切断哦)

在稍软的茄子上抹蒜泥

170℃ 2'

170℃烤2分钟

170℃ 10'

抹上蒜泥后再以170℃烤10分钟

黄豆酱　　番茄酱

2:1

混合酱

一句话营养

茄子在夏天食用，有助于清热解暑，对于容易长痱子、生疮疖的人，尤为适宜。

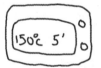

抹上混合酱

150℃ 5'

再抹上混合酱，
150℃烤5分钟
左右，茄子肉软
烂便可

人的偏见来自表面

梨汁虾仁

谁说海洋的味道一定是苦涩的咸，海的味道还能是带着竹叶清香的咸，也可以是带着甜味的咸呢～

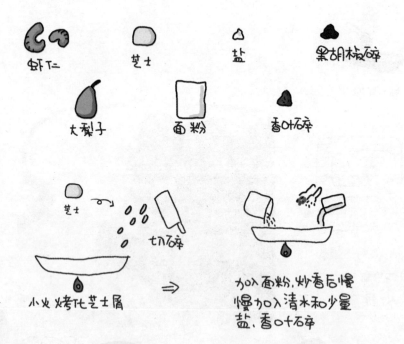

虾仁　　　芝士　　　盐　　　黑胡椒碎

大梨子　　　面粉　　　香叶碎

芝士 →　　切碎

小火烤化芝士屑　⇒

加入面粉，炒香后慢慢加入清水和少量盐、香叶碎

大梨子

削去梨皮

切成丁

梨营养十分丰富，具有"润肺凉心，消炎降火，解疮毒、酒毒"的作用。

梨丁连汁加入锅中，用中火煮10分钟，再加入虾仁，煮熟即可 :)

撒上古月椒

睡眠有助于减肥～

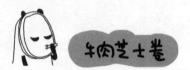

牛肉芝士卷

喜欢探险的人应该喜欢吃带馅的食物吧. 外表看上去只是一块肉或者面, 里面却暗藏神秘物质.

瘦牛肉　　芝士　　生菜　　蒜粉　　鸡蛋　　淀粉　　面包粉　酱油

准备工序:

1.

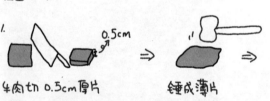

牛肉切0.5cm厚片　　　　锤成薄片　　　　用酱油腌半个时

2.

生菜切成细丝

3.

鸡蛋打成蛋液

4.

肉片上依次铺上
芝士片、菜丝、撒上
蒜粉

一句话营养

牛肉的蛋白质含量比猪肉、羊肉高，且组成比例均衡，而脂肪含量比猪肉、羊肉低。

好好吃饭是每个人应尽的义务

肉片卷成肉卷.

捏紧

淀粉

蛋液

面包粉

将肉卷依次沾上淀粉、蛋液、面包粉，用小火炸至金黄

培根金针菇卷

喜欢吃肉却又担心长胖. 人就是这么矛盾. 吃得快撑死却又忍不住把爪子伸向零食…如果又饱了口福又不会长胖是多么美好. 人就是这么贪心.

培 根　　金针菇　　素高汤　　黑胡椒碎

用培根卷起金针菇

小火煎出培根的油, 到白色部分
变半透明

用吸油纸或
餐巾纸吸走油

倒入高汤,大火煮沸腾

捞出培根卷、
撒上胡椒

每个人心里都有秘密

一句话营养

金针菇既是一种美味食品,又是较好的保健食品,其含锌量非常高,有促进智力发育和健脑的作用,被誉为"益智菇"。

妈抖猫

从前有一只猫

她天生丽质

她身材超棒

于是

她成为了大家都羡慕的

妈抖

她被要求摆出甜美的姿态
"就像 Hello kitty"
摄影师说

她被要求摆出慵懒的姿态
"就像加菲猫"
摄影师说

她被要求摆出高科技的姿态
"就像多啦A梦"
摄影师说

她被要求摆出富贵的姿态
"就像招财猫"
摄影师说

"我究竟是谁？"
妈抖猫对自己说

"我究竟是谁？"
妈抖猫对自己说

"我究竟是谁？"
妈抖猫对自己说

"我究竟是谁？"
妈抖猫对自己说

This book really smell delicious
grimish,tasteful and fashion

飘香甜脆丝

萝卜是会七十二变的菜，有时候它是小腿一样的 🥕，有时候它又是橙色的 🥕，这一次它是外面红里面白的鱼雷样子 🍠

花椒	红皮萝卜	香菜	姜	干辣椒	麻油

↓↓　　　↓↓　　　↓↓　　　↓↓

切成细丝并　　用手分成叶　　切小粒　　剪小段
用盐腌半小时　　和杆

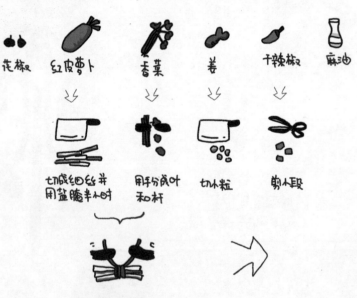

用香菜杆将萝卜丝
扎成小束

给菜取个好名字更富有味道近了一步

一句话营养

红萝卜可以治疗便秘，预防感冒，巩固视力，还可以抑制吃甜食或油腻食物的欲望，达到减肥目的。

小火烧热麻油后加以姜粒与花椒，炸出香味

趁热将麻油连同花椒、姜粒、辣椒淋到萝卜上，撒上香菜

蟹足面包皮

多士外面的皮硬更硬的,偶尔还是苦苦的,可是扔掉却又觉得挺浪费的,如果厨房是有魔法的,那这就不是问题了

多士皮　　蟹足棒　　圆白菜　　盐

⟶ 原料超简单

中火少量油煎蟹足棒
煎至开始散开
⇩
准备工序超简单

转大火加入圆
白菜卷,炒散,
出水后加盐
⇩
过程超简单

生气的时候要吃有营养的食物！

加入多士皮
迅速翻炒，让
多士皮吸饱汁

⇓

味道不简单

一句话营养

面包皮上积聚着能激活抑制自由基活性的酶，能够抗癌，起到延缓衰老的作用。

春田花花卷

最近总做同样的一个梦,梦里满是大朵大朵黄蕊红瓣的大花.都说日有所思夜有所梦,原来是因为白天吃了像花一样的食物,夜晚才会做充满花香的美梦.

熏香肠　　鸡蛋　　　小葱,　白胡椒粉

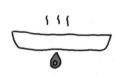

香肠斜切成　　　小火将香肠片两　　　鸡蛋与胡椒粉搅
长椭圆片　　　　面烤熟　　　　　　拌均匀

蛋糊了倒入锅中,转
动锅使蛋糊均匀
铺锅里

小火烤蛋糊,表面半
凝固时撒上葱花

边烤边晃动锅子,蛋饼
表面凝固并且蛋饼底面
与锅分离时关火

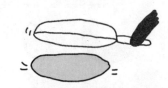

把锅子翻过来,倒出蛋饼

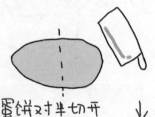

蛋饼对半切开

蛋饼有葱一面朝上,中间
放上香肠片

⇒

折上蛋饼

tips：
往蛋糊里加入少量温水（40℃左右）可使蛋口感更好更蓬松

时间溜得太快，我还没看清它的样子...

一句话营养

鸡蛋含丰富的优质蛋白，每100克鸡蛋含12.7克蛋白质，两只鸡蛋所含的蛋白质大致相当于150克鱼或瘦肉的蛋白质。

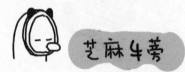

芝麻牛蒡

牛蒡为什么叫牛蒡. 这是个大问号. 它土得掉渣的外貌一点也不牛嘛! 但是"东洋参"的名号不由得让人对牛蒡刮眼相看.

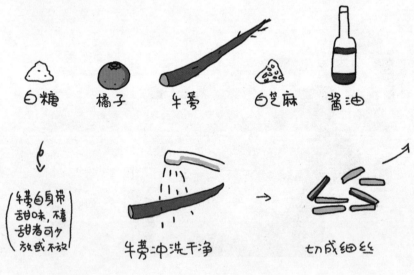

白糖　　橘子　　牛蒡　　白芝麻　　酱油

牛蒡自身带甜味,嗜甜者可少放或不放

牛蒡冲洗干净

切成细丝

酱油适量
染色即可

橘子无辞

白糖

清水倒至超过牛蒡1cm处

水煮得基本干掉后牛蒡装盘,橘子不要

天妇散花般撒上芝麻

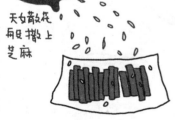

把悲伤—0—0吃掉

一句话营养

牛蒡具有极高的保健功能。经常食用牛蒂根能促进血液循环、清除肠胃垃圾、防止人体过早衰老、润泽肌肤、防止中风和高血压、清肠排毒、降低胆固醇和血糖。

girlish.tasteful and fashion
This book really smell delicious
047.

大排味年糕

吃土豆炖牛肉时,我只吃土豆,会剩下一碗的牛肉;吃豆腐鲫鱼时,豆腐也比鱼更受欢迎。似乎人们总是分不清主角和配角。

宁波年糕　　大排　　尖椒　　酱油

黄酒　　姜　　花椒　　八角　　番茄酱

（肉锤,可用刀背代替）

将大排锤松软

用酱油、料酒、姜末腌制大排半小时

尖椒切成小段,去掉籽

凉水浸软年糕条并分成片

准备完毕,GO!

热油爆香花椒·八角

大火煎大排,然后倒入腌汁,改小火

投入尖椒圈

15'后

30'后

投入年糕片

一句话营养

年糕是用糯米磨粉制成,味道香甜可口,口感软糯细滑,营养丰富,还有暖脾胃、补益中气和健身祛病的作用。

冬天就该冬眠嘛!

尖椒圈制作秘籍

棉花棒

把尖椒切成
小段

用棉花棒穿过
尖椒段便能轻
松去除尖椒籽

用筷子试探大排和年糕，
都软了后加入番茄酱，大火收汁

最近我们全家在减肥，
你看我是不是瘦了？

猪大排又涨价了，
果然物以稀为贵！

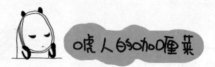

哄人的0加0喱菜

当潘达还是分不清葱和韭菜的小盆友时,就学会了用0加0喱来树立威信。小小的一块0加0喱却是用大量香料做成的,所以想做难吃都难。

牛后腿肉　苹果　布林　0加0喱块　盐　白胡椒面　牛奶　大蒜　香味

牛肉切片

锤松软

用盐与胡椒.腌制30分钟

大蒜切片去芯

用少量油,小火煎香蒜片

蒜片变黄时放入牛肉,中火煎熟

加入牛奶烧开　⇒　加入0加0喱转小火,用勺子搅拌,使0加0喱化开

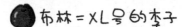

tips

布林＝XL号的李子

苹果去皮后表面会氧化，所以不要过早切好，或者切好后泡在加入柠檬汁的冰水中，用时捞出沥水

一句话营养

咖喱中含有辣味香辛料，能促进唾液和胃液的分泌，增加胃肠蠕动，增进食欲，促进血液循环，还具有协助伤口愈合，甚至预防老年痴呆症的作用。咖喱内所含的姜黄素具有激活肝细胞并抑制癌细胞的功能。

咖喱冬天驱寒，夏天祛暑，是全年不打烊的美味

咖喱化开后立即加入苹果块，搅动

连菜带汁盛出，撒上切成小块的布林和香叶末

在阳光下散步是正事！

土豆培根饼

路人甲：什么菜很土气？
潘达：土豆
路人乙：什么菜很洋气？
潘达：洋芋
路人甲、乙：什么熊猫很白痴？
※ 在某些地区土豆称作洋芋

土豆　培根　面粉　葱

黑胡椒碎　盐　番茄酱

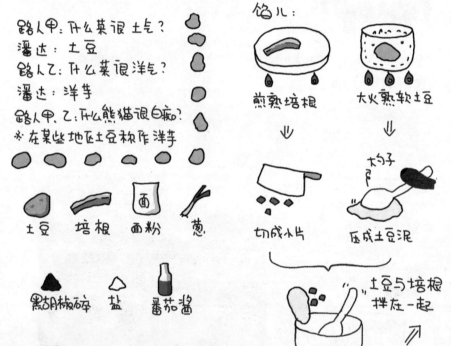

馅儿：

煎熟培根 → 切成小片

大火熟软土豆 → 压成土豆泥 (大勺子)

"……" 土豆与培根拌在一起

tips：
① 土豆生时不好去皮，煮软后就很好脱皮了
② 在盘子里铺上生菜丝可吸去饼上多余的油

面皮：

往面粉中加入盐、胡椒、水,和成面团,再加入葱末和匀

擀成很薄的面皮

将馅包入皮中

至0.5cm

压成0.5cm厚的饼

小火热油把饼两面煎镇

趁热蘸上番茄酱吃掉

如想去探险,找魔王的大宝石

This book really smell delicious
griffith tasteful and fashion

小改变,大不同!
一日复一日的生活让心里
有些不爽呢

girlish,tasteful and fashion

This book really smell delicious

吃豆腐！

从前有个人打算做生意，一个高人指点他做豆制品生意。因为一豆子卖不掉可以磨成浆，豆浆卖不掉可以点成块，豆腐卖不掉可以放成臭豆腐。吃豆腐大多数人都喜欢，吃臭豆腐的人大概没那么多吧。所以不吃臭豆腐的人一定要看这一篇。

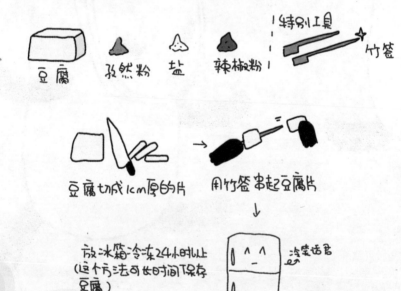

豆腐　　孜然粉　　盐　　辣椒粉　│特别工具
　　　　　　　　　　　　　　　　竹签

豆腐切成1cm厚的片　用竹签串起豆腐片

放冰箱冷冻24小时以上　冷冻豆腐
(这个方法可长时间下保存
豆腐)

只撒一面

冻豆腐稍解冻后撒
上盐、孜然、辣椒混合粉

↓

230℃

烤箱230℃上火烤10分钟

一句话营养

豆腐是植物食品中含蛋白质
比较高的，含有8种人体必需
的氨基酸，还含有动物性食
物缺乏的不饱和脂肪酸，卵
磷脂等。常吃豆腐可以保护
肝脏，促进机体代谢，增加免
疫力并且有解毒作用。

tiPS...

冻豆腐吸附味道的能
力超强，要注意盐的
用量！

生活中充满金色阳光

传说馒头出生于三国时期，当初的馒头异常华丽，不仅有馅还有漂亮的外表，可是现在的馒头却"进化"成这副朴素的模样。

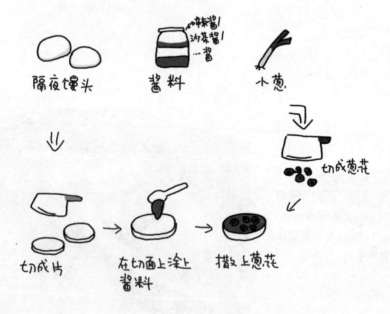

隔夜馒头　　酱料　　小葱

辛辣酱！
沙茶酱！
…酱

切成葱花

切成片　　→　　在切面上涂上酱料　　→　　撒上葱花

一句话营养

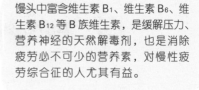

馒头中富含维生素 B_1、维生素 B_6、维生素 B_{12} 等 B 族维生素,是缓解压力、营养神经的天然解毒剂,也是消除疲劳必不可少的营养素,对慢性疲劳综合征的人尤其有益。

烤箱预热到170℃

有酱料、葱花的一面向上
170℃上火烤10分钟

路人甲:"葱香饼干耶!"
潘达:"这是馒头…?"
路人甲:"骗人!"

✚馒头可治病!
烤馒头能缓解
胃酸过多和因消
化不良而引发的
拉肚子

漂泊的时候自怜,安定的时候躁动,人越大越多变。

This book really smell delicious

girlish, tasteful and fashion

从前
有一只耗子
他出去觅食时捡到一台相机

相机
在耗子手上谋杀了
好多菲林
耗子很开心
他要人叫他
拍拍耗子

拍拍耗子整天相机不离手
拍拍耗子拍了好多照片
拍拍耗子的照片得了大奖

拍拍耗子的名气越来越大
拍拍耗子换上了最新款的相机
可是
为什么
按快门的手指变得麻木?
取景器里也没了美景?

拍拍耗子把相机扔进了草丛
虽然有些肉痛
但是他还是决定去找
"真正的快乐"
下一个捡到相机的
他的快乐会走向何方？

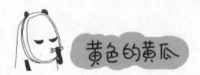

黄色的黄瓜

从小脑子里就塞着一个大问号，为什么"黄瓜"要叫黄"瓜而不叫"绿"瓜呢？明明是绿色的嘛！

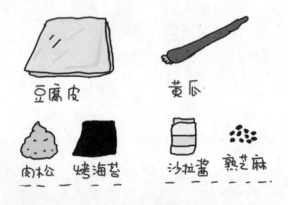

豆腐皮　　　　　黄瓜

肉松　烤海苔　　　　沙拉酱　熟芝麻

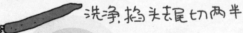

撕成小片，5　　　　拌在一块

（也可直接使用海苔味肉松）

洗净,掐头去尾切两半

在豆腐皮上涂上沙拉酱
(长度同黄瓜条,宽度为两个黄瓜宽)

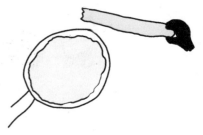

往沙拉酱上铺上肉松混合物
黄瓜条有芯的一面朝下放肉松
上,紧紧卷起豆腐皮,收口处抹
上沙拉酱,粘紧

平底锅烧热色拉油,
关火,迅速将黄瓜卷在油
中滚一圈捞起,沥干

黄瓜卷切段蘸沙拉酱吃。

一句话营养

黄瓜有许多药用
价值和美容作
用,其含有的丙
醇二酸在人体内
可抑制糖类物质
转化为脂肪,有
减肥和预防冠心
病的功效。

+u!

轻易放弃不大好...

菊香虾仁蒸蛋

据说鸡蛋很有营养,可是从小我都讨厌鸡蛋,除了蒸蛋,因为老妈总是把它做得滑滑的,而且平淡的表面下总是暗藏惊喜,比如一个人的时候,它就是营养丰富有滋有味的晚饭.

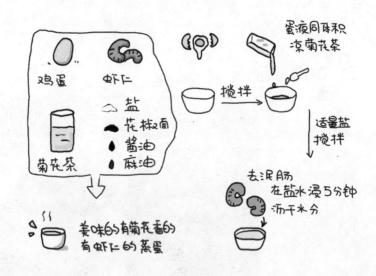

鸡蛋　虾仁

盐
花椒面
酱油
麻油

菊花茶

蛋液同体积凉菊花茶

搅拌

适量盐
搅拌

去泥肠
在盐水浸5分钟
沥干水分

美味的有菊花香的有虾仁的蒸蛋

大火

放在有洞的
蒸格中间隔水
蒸10分钟

保持水沸腾

按个人喜好
加入酱油、
麻油.花椒面

tips:
1. 鸡蛋每人每天最大吸
收量为两只
2. 将蒸格放在电饭锅
中 蛋与饭同蒸可大大
提高效率

一句话营养

菊花茶是清火、减肥最方便
的饮品，可有效清暑退热解
毒、消脂肪、降血压。

向开水白面包 say goodbye

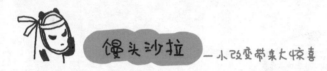

馒头沙拉 —— 小改变带来大惊喜

○○馒头这种具中国特色的食品真的非常神奇,可以夹上咸菜狼吞虎咽然后打个响亮的饱嗝,也可以做得小巧精致炸出均匀的金黄色再蘸上炼乳取上个吉祥的名字... 不下十种的吃法却难以满足人们喜新厌旧的天性,也许也正因这种天性,人们才会不断做些改变吧。

馒头　　　火腿肠　　　沙拉汁　　　芝麻　　　胡椒粉

胡椒粉
沙拉汁
芝麻
→ 芝麻、胡椒粉与沙拉汁搅匀

火腿肠 → 火腿肠切成小丁

馒头 → 馒头切成小粒

先加入馒头粒，
中火，翻动馒
头粒使其每一
面都变脆。

再加入火腿肠丁，
小火，翻动至颜
色加深

烧热刚好铺满锅底的色拉油

一句话 营养

多食黑芝麻皮肤会滑溜、
少皱纹，还会令肤色红润
白净，更可以治便秘。

淋上混合好
的沙拉汁

盛出混合小粒

tiPS:

切馒头时，馒头
容易掉渣，把刀在
火上烤热了再一刀
切下，可以在很大
程度上缓解

熊猫黑白的外表下有彩色的心

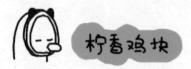

柠香鸡块

柠檬的诱惑有点致命,香甜的味道勾引着人嘴起牙落咬上一口的欲望.可一口下去的结果常常是酸涩得泪流满面.反,该叫做禁果吧?

柠檬　　　　糯米丸子　　　　糖　　　　料酒

鸡胸肉　　　　酱油　　　　番茄酱　　　　淀粉
↓

切成2-3cm
小方块

料酒与酱油按1:1
混合成腌料
将鸡块腌30分钟

裹上淀粉

中火煎成金黄

 擦板

用擦板将柠檬皮擦成细屑(擦到白色部分即可)

 柠檬皮与清水煮开, 加入丸子

 加入糖、柠檬汁番茄酱, 最后用淀粉勾芡

 鸡块与汁混合

一句话营养

柠檬是一种富含维生素 C 的营养水果, 是很好的美容食品。柠檬中所含的物质, 经过合理的调配, 还有十分有效的减肥作用。

安全门, 真的安全么?

椰蓉卷卷包

椰子长在树上，啦啦啦～
面包长在田里，啦啦啦～
椰蓉卷卷包长在潘达达手上，啦啦啦～

洗干净爪爪就可以开工了！

※做咖啡、朱古力口味
可以忽略

※熊猫干净的爪爪
也是黑的 T_T

乳　酵母　白糖

高筋的

要过筛哦

潘达无影爪

面团

发酵中，勿扰…

肥面团

一句话营养

当脾胃倦怠、食欲不振、四肢乏力、身体虚弱时，椰子是最好的食品。

酥油

+

椰蓉

=

椰蓉馅

面团 gǎn 成 0.5cm 厚 的 面皮

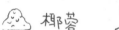

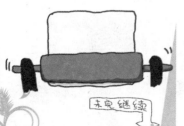

未完继续

我爱你，无需言语

卷紧 ⇒ 色拉油 ⇒ 模具

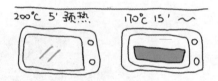

200℃ 5' 预热　170℃ 15' ～

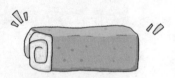

清炒生菜

生菜是最顽固的菜，就算炒糊掉了，它还是不屈服的叫做生菜！那，就算遇到再多的困难，我也能保持着熊猫黑白分明的本心么？

生菜　　大蒜　　花椒　　榨菜（瓶装）　盐

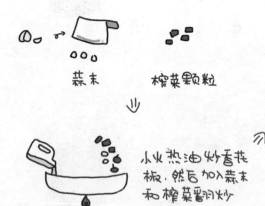

蒜末　　　　　榨菜颗粒

小火热油炒香花椒，然后加入蒜末和榨菜翻炒

小改变,大不同!
一日变一日的生活让心里有些不安呢

tIPS:

饱含水分的生菜下锅时
容易让油飞溅,壮着胆
把大把生菜勇的地方世
锅可以盖住溅起的油

中火加入生菜翻炒
数下,生菜叶颜色稍
变深,撒入少量盐
翻匀,立刻盛出

一句话营养

生菜中含有膳食纤维和维生
素C,有消除多余脂肪的作
用,又叫减肥生菜。

vincent虫,快点重新 blog 啦

This book really smell delicious

girlish,tasteful and fashion

沙茶花菜

长得像花，却是菜。花菜在菜里真是臭美。不过长得漂亮又有"内涵"的，大家都喜欢

贡菜(可选)　花菜　　大蒜　　花椒　葱　沙茶酱　　盐

拆成小块

大火滚水断生

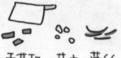 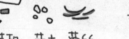

贡菜段　蒜末　葱丝

小火热油炒香花椒.蒜末.
加入沙茶酱.翻炒后加入少
量水.煮开

加入贡菜，花菜翻炒，均
匀裹上汤汁，加入盐调味
汤汁收干时盛出，撒上
葱丝

一句话营养

花菜营养丰富，质体肥
厚，蛋白、微量元素、胡萝
卜素含量均丰富，还是防癌、
抗癌的保健佳品。

tiPS：
花菜拆小块
时容易碎掉
可先粗略拆
开，开水焯后再
细分

熊猫是黑白分明的！

This book really smell delicious
grilish tasteful and fashion

收获时节的南瓜饭

小猫把鱼骨头埋到土里,希望收获一树的鱼。熊猫把南瓜籽
埋到土里,然后梦想成真了,沉甸甸的南瓜藏在叶子间

小南瓜　　米饭　　小葱　盐　姜　　大蒜　　白胡椒粉

切小粒

从南瓜顶⅓处切开
挖出瓤和瓜肉

瓜肉改切
小块

小火热油爆香姜、蒜粒,
再翻炒南瓜块,待熟后倒入
米饭翻炒,加入盐、胡椒

南瓜炒饭填入南瓜，盖上"帽子"

大火猛蒸15分钟

撒上葱花

新鲜南瓜是维生素 A、叶酸、钾的优质来源，在预防癌症、生活习惯病和防止老化方面也有一定效果。

Fighting!

坚持梦想的人最有魅力！

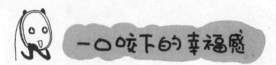

据说舌头上有接近1万个味蕾. 据说人有500种味觉, 据说今天的早饭有满满的幸福的感觉.

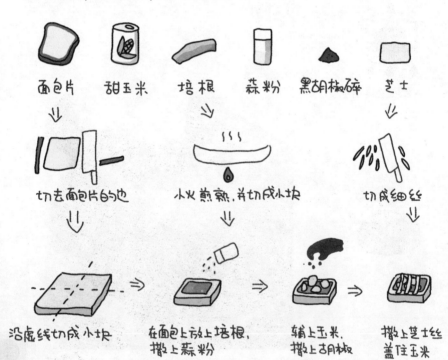

面包片　甜玉米　培根　蒜粉　黑胡椒碎　芝士

切去面包片的边　小火煎熟,并切成小块　切成细丝

沿虚线切成小块　　在面包上放上培根,撒上蒜粉　　辅上玉米,撒上胡椒　　撒上芝士丝盖住玉米

一句话营养

170℃烤10分钟左右(芝士熔化)

⬇

＋ 水果

佐以时令水果令
味蕾无限绽放!

玉米中含大量蛋白质、胡萝卜素、核黄素、维生素等营养物质,这些物质对预防心脏病、癌症等疾病有很大的好处。而甜玉米的蛋白质、植物油及维生素含量就比普通玉米高1–2倍;"生命元素"硒的含量则高8–10倍;其所含有的17种氨基酸中,有13种高于普通玉米。

减肥?先吃了这顿吧!

This book really smell delicious
qidish,tasteful and fashion
085.

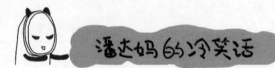

其实呢，羴 读作 shàn
另外，
猋 读 biāo
蟲 读 chóng
鱻 读 xiān
驫 读 biāo

最最最厉害的是

三条繁体龙，读 dá

所以

捷安特·潘达也可以写作

对哦！三个牛是大bēn，
三个羊就是本bēn！过
马路了，不要想这个问
题了。

三个牛才读bēn呢！

girlish, tasteful and fashion
This book really smell delicious
087.

普洱茶卤手撕鸡

小时候上下学路上都会路过一家卖卤味的小店,店里飘出的香味一定要勾引出哗啦啦啦的口水才作罢,老板家的儿子总是啃着一只大鸡腿傲慢地看着过往的路人。他,多么像一个王子啊.

大鸡腿　　普洱茶　　桂皮　　八角　　花椒

黄酒　　酱油　　冰糖　　盐　　香菜　　小葱

大火烧开火,加入普洱茶
大火煮3分钟.滤掉茶叶

茶水煮开,加入桂皮、八角,花椒
大火5分钟后放入2鸡腿、黄酒、
酱油,加盖,转中火

水开后加冰糖,根据
卤水咸淡适量加入盐,
加盖,小火1小时

熄火后,鸡腿在
卤水中稍凉捞出
沥干,撕成小条

一句话营养

普洱茶具有去脂消食,
减肥瘦身的药理特性,
最适合爱美塑身族、
中年发福者。

撒上葱叶丝,
香菜碎

吃饭皇帝大!

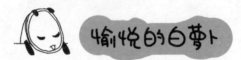

愉悦的白萝卜

开胃菜 肉酱萝卜卷

周末最开心的事就是可以睡觉睡到自然醒.睡足了心情自然好.就算发现只有一根白萝卜也会把它做成一顿美味的午饭.虽然只是白萝卜,心情好和吃大餐有什么区别呢.

白萝卜的前半段　　肉末　　葱　　黄豆酱

用刨子把萝卜刨成
3cm宽的薄条

葱白切圆片
葱叶切丝

将萝卜条放入煮开的
水中大火烫熟

沥干萝卜条.

大火翻炒肉末至散开，
加葱白片和酱炒匀

肉酱淋
萝卜卷上

撒上
葱叶

把萝卜条卷成筒状

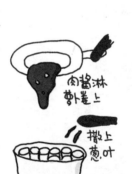

平民美食里豪着爱

主食 萝卜粥

麻油

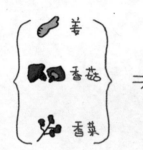

姜

香菇

香菜

香菇去蒂切条 干香菇先用温水泡软,姜切丝. 香菜切末

之前剩下的萝卜边角

萝卜切成细小的块

米

米凉水浸泡半小时以上

将米倒入沸腾的水中,大火煮15分钟,并不停搅拌

萝卜块连汁
倒入锅里

香菇条,姜丝投入

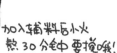

加入辅料后小火
熬30分钟中要搅哦!

⇒

撒上香菜末
滴入麻油

踩到尾巴要镇定!

主菜　　醬油萝卜

白萝卜后半段　　花枝片或虾仁　　高汤　　醬油　　葱　　香菜

葱
香菜
} ⇒ 葱叶切段，香菜切段

萝卜切成1~2cm厚的片　　⇒　　用高汤把萝卜煮半透明
时加入花枝片和虾仁

萝卜透明时滴入
酱油,大火收汁
↓

撒上葱叶段与香菜段

一句话营养

白萝卜含芥子油、淀粉酶和
粗纤维,具有促进消化,增强
食欲,加快胃肠蠕动和止咳化
痰的作用。

don't worry, be happy... be happy...

梦想家

饭后小甜点,
笑一笑帮助消化

我 未来的职业

同学们有没有
想过自己长大
了做什么?

ZZZ

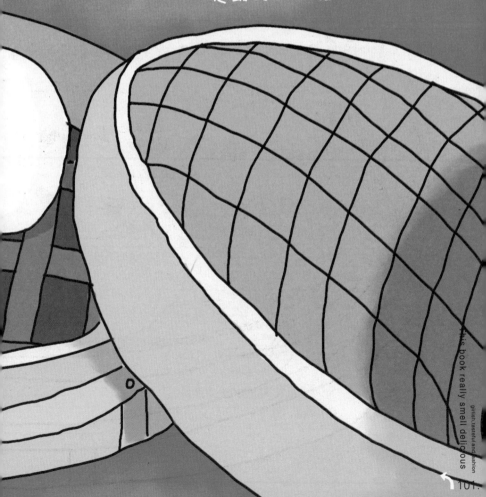

家里的幸福味道
—— 家是一切的起点，
也是最终的归属

捣蛋的恶魔蛋

恶魔蛋是西餐里常见的开胃菜，又好吃又容易做，这么天使的蛋为什么要叫恶魔蛋呢？难道是制作过程中要"捣蛋"的原因么？

熟鸡蛋

蛋黄酱

胡椒面

鸡蛋去壳 →

对切成两半 →

用小勺小心挖出蛋黄

↓

用勺子把蛋黄捣碎，加入蛋黄酱、胡椒面，搅匀

tIPS

1 开水微开后放入鸡蛋煮5分钟的鸡蛋是最营养的,也易于消化

2 煮鸡蛋时加几滴醋可防止鸡蛋爆裂

将混合酱填回鸡蛋中

恶魔出现～

一句话营养

鸡蛋吃法多种多样,就营养的吸收和消化率来讲,煮蛋为100%,是最佳的吃法。

春天一定要去兜风

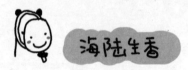

海陆生香

小时候生活在内陆城市,吃海味就代表着过年.年夜饭上少不了冰冻墨鱼做的菜.虽不是活蹦乱跳的,但精心烹制后一屋子也会有浓郁的鲜味.

单片木耳　　　金针菇　　　红甜椒　　　花椒

墨鱼花　　　大葱　　　盐

准备工序.

温水泡发木耳　　甜椒切丝　　葱切丝　　小火炒香花椒
　　　　　　　　　　　　　　(不用太细)

中火炒香葱,再依次也加入
墨鱼、耳、金针菇、甜椒边
暑翻炒

加入少量清水,大火
烧开后撒入盐,汤
汁变浓稠即可

一句话 营养

木耳有滋润强壮,润肺补脑,
轻身强志,和血养荣,补血活
血,镇静止痛等功效,是天然的
滋补剂。

不炫耀毋宁死!

This book really smell delicious

girlish,tasteful and fashion

煎多士

8:00a.m 起床, 洗漱, 匆忙地吞下一块白面包再灌下一杯水, 然后出门, 面向一天的挑战… 有时, 做一点点改变, 生活会展现出另一番面容, 而不再弥漫硝烟和冷漠.

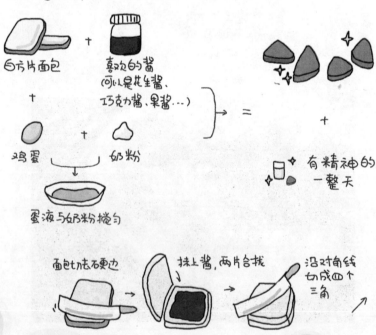

白方片面包 + 喜欢的酱 (可以是花生酱、巧克力酱、果酱…)

鸡蛋 + 奶粉

= 有精神的一整天

蛋液与奶粉搅匀

面包切去硬边 → 抹上酱, 两片合拢 → 沿对角线切成四个三角

油热后放入面包片, 两面煎至金黄

平底锅内倒入少量色拉油

面包放入蛋奶米胡, 充分裹上糊

一句话营养

全麦面粉含有丰富的膳食纤维、维生素和矿物质, 营养更丰富。

想吃的时候就把它装成你的样子

当屋里随处可见潘达的头发和金富贵(潘达的小弟)的狗毛时,这就表明秋天到了。美毛,哦,错了,是美发也该提上日程了。

烤核桃碎

熟黑芝麻

黄油

白糖

烤杏仁片

低筋面粉

鸡蛋

黄油、糖、鸡蛋放一块打发
↳与面粉的比例6:8

边加面粉边搅拌
↳先过筛

加入烤核桃碎与熟芝麻

平摊置于微波炉中

高火
3分钟

和好的面团

把杏仁片按在小块上
×N
分成≤0.5cm厚的小块

烤箱
有杏仁那面朝下170℃15分钟

一句话营养

核桃不但能健脑、美容,最新研究还发现,常吃核桃可以降低人体胆固醇,保护心血管。

美味的早餐开启一整天的好心情

永远年轻!

暖心暖胃砂锅豆腐

冬天是素食者的炼狱，缺少动物脂肪总是觉得冷。看到火炉就有冲过去抱着不放的念头。如果能抱着暖暖的小太阳填饱肚子就是完美。

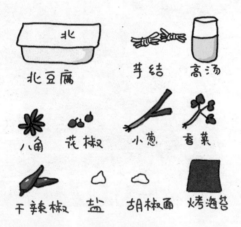

北豆腐　　芽结　高汤

八角　花椒　小葱　香菜

干辣椒　盐　胡椒面　烤海苔

豆腐切1cm厚小块

海苔剪成1cm宽条

海苔条缠豆腐块上

干辣椒、八角、花椒
放砂锅底
放入豆腐、芋结
倒入高汤

一句话 营养

海苔本身的营养很高,因为它生长在海边岩石上,充分汲取了海水中的精华,蛋白质、矿物质和维生素的含量极其丰富,被人们称为"维生素的宝库"。

煮至汤开后转小火
加入盐与胡椒面
加盖10分钟

熄火后撒上葱花
香菜末

tips:
北豆腐是比较有
韧性的豆腐,不易
破碎。芋结是魔芋
丝卷成结,可用类似
快熟经煮的粉丝
代替

心情好,吃什么都像大餐

This book really smell delicious
gintest tasteful and fashion
113

水煮肉片

上学的时候最开心的事就是把攒起来的汽水瓶卖掉,然后和室友去学校外的川味小店要一份水煮肉片,然后趁室友说话时迅速把肉消灭掉.

里脊肉　　绿豆芽　　大葱白　　姜　　大蒜

干辣椒　　花椒　　豆瓣酱　　嫩肉粉

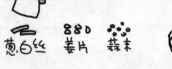

葱白丝　　姜片　　蒜末

小火烤香辣椒、花椒,用刀背碾压花椒、辣椒剪段

肉切成薄片　⇒　加入嫩肉粉和水,再抓个"马杀鸡"让肉变得水当当

大火热油炒香豆瓣酱、
姜片、葱,加入水,滚腾
后加入豆芽,熟煮10分钟

将肉片一片一片
地放入锅中,
烫3分钟后盛出

将蒜末、辣椒、
花椒铺在肉上淋
上热油(一定要有
"呲啦"一声哦!)

一句话营养

辣椒在某种程度上,是女性的"补品",除了有杀菌作用外,辣椒中含有一种叫"capsaicin"的物质,可以促进荷尔蒙分泌,加速新陈代谢以达到燃烧体内脂肪的效果,起到减肥作用。在某些以辣食为主的地区,女性不但少有暗疮问题,皮肤更大多滑溜溜。

你是谁?我是谁?

速战速决的鸡肉块

对肉食一向具有强烈的畏惧感. 40不熟有40过熟变成"老木头"鸡腿肉却是既容易熟又经得住大火烤验. 就跟隔壁的被所有人喜欢的姐姐一样...

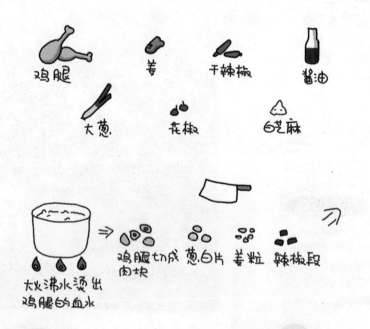

鸡腿　　　姜　　　干辣椒　　　酱油

大葱　　　花椒　　　白芝麻

大火沸水烫出
鸡腿的血水
⇒ 鸡腿切成　葱白片　姜粒　辣椒段
肉块

肉块放酱油
十姜粒的腌料
中腌5分钟

腌料

小火热油炒香花椒
后加入鸡块稍煎,鸡
块变干立即加入葱,辣
椒翻炒,再根据咸淡
适量加入腌料

装盘,撒上
芝麻

一句话营养

干辣椒可以控制
心脏病及冠状动
脉硬化,降低
胆固醇;含有
较多抗氧化物
质,可预防癌
症及其他慢性疾
病;可以使呼
吸道畅通,用
以治疗咳嗽、
感冒。

好奇心可以杀死熊猫 T-T

117

温暖的牛肉

冬天是冬眠的季节，可是离开动物园的潘达还是要按时起床准时上班，虽然离开被窝就变冰棍 😋

肥牛肉卷　　姜　　胡萝卜　　大葱　　金针菇　　料酒　　酱油

胡萝卜片　　葱丝

金针菇、胡萝卜片、葱丝铺入平底锅

肥牛肉卷

铺入肥牛肉卷

姜丝　　料酒　　酱油

⟶ 清水

倒入姜丝、料酒、
酱油、水混合物、
大火开锅后改
小火"咕嘟"15
分钟

一句话营养

胡萝卜是一种具有多功效的
保健佳蔬。常吃胡萝卜,有预
防心脏病、癌症、贫血、视力
下降、糖尿病等作用。

神的孩子都爱厨房

银丝虾窝

每个小盆友都该有个窝. 窝是受了欺负可以依靠的地方.窝是可以取下伪装穿着睡衣到处跑的天地

细粉丝   虾仁   大蒜   盐

↓

剪成10CM长段   凉水泡软

大蒜剁成茸状   小火炒至快金黄色   一半蒜茸连油与粉丝、盐搅匀

将粉丝缠在一个手指上

↓

往粉丝卷里塞虾仁

抹上另一半蒜茸

→

大火开水蒸15分钟

一句话营养

大蒜性味辛温，入脾、胃、肺经，有行滞气、暖脾胃、消症积、解毒杀虫等功效，可治饮食积滞、脘腹冷痛、水肿胀满、泄泻、疟疾、痈疽肿毒。

金富贵是最帅的!!

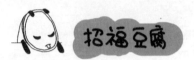

因为朋友送了一个印有福的盅,于是老想着做一道配得上它的菜.想来想去还是送了5"福"音比较近的豆"腐".豆腐么,可以是民间的粗茶淡饭,也可以是宫里的御膳 ^_^ 华丽丽的

小葱　花椒粉　高汤　蚝油

嫩豆腐　竹笋　金针菇　豆瓣酱　姜　大蒜

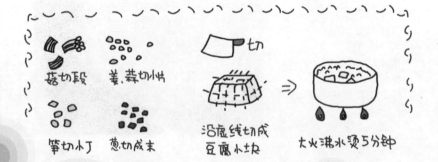

菇切段　姜、蒜切小块　切

笋切小丁　葱切成末　沿虚线切成豆腐小块　大火滚水烫5分钟

蚝油汁

小火爆香蚝油和蒜片

加一点高汤

大火 热油爆香豆瓣酱、蒜片,加入高汤,烧开后加入莴笋,再次开后加入豆腐,用中火煮10分钟,

依次撒上花椒面,淋上蚝油汁,撒上葱花

一句话营养

豆腐搭配一些别的食物,可使氨基酸的配比趋于平衡,人体就能充分吸收利用豆腐中的蛋白质。

把帅哥埋土里,收获时自己留一个其他送朋友

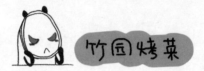

竹园烤菜

逃离动物园,混迹于楼宇和车水马龙间,春雷响起时却时不时会想念竹园里新冒出的笋尖和那一片片的绿色.人类是不是也喜欢青青竹叶的幽香呢?

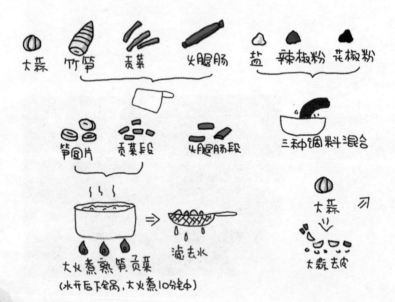

大蒜　竹笋　贡菜　火腿肠　　盐　辣椒粉　花椒粉

笋圆片　贡菜段　火腿肠段　三种调料混合

大火煮熟笋,贡菜
(水开后下锅,大火煮10分钟)

滤去水

大蒜去皮

燕上食用油的刷仔

在平底锅里刷上一层食用油，锅热后放入大蒜，大蒜烤出香味后加入笋，贡菜，火腿肠，一面烤好分钟后换另一面，撒上混合调料

一句话营养

竹笋具有清胃热、肺热，安神之功效，能改善支气管炎痰多之症，因而在食治食养中广泛应用。

坚持梦想

海鲜焗饭

吃可以拉成丝的食物时总是有些兴奋，长江大桥、蜘蛛网什么的都可以在筷子或勺子间变来变去。Mozzarella 常常就是这种小愉悦的来源，虽然大人们总会说吃饭时要有礼仪。

虾下　　　　墨鱼卷　　　　鱼丸

洋葱　　　　蘑菇　　　　大蒜

黄油　　　面粉　　　浓汤

others:

黑胡椒碎　盐　橄榄油　米饭　Mozzarella

① 虾下　墨鱼卷　鱼丸

虾去壳去泥肠,与墨鱼卷,鱼丸一起放入热锅
中大火煎5分钟加黑胡椒碎粒和盐 捞出成①

② 洋葱　大蒜　蘑菇

热锅烧热橄榄油,依次放入大蒜碎粒,
葱丝,蘑菇丝炒香成②

③ 黄油　面粉（低筋）　浓汤　→

热化黄油，加入同体积面粉，翻月炒后慢慢加入浓汤至混和物呈浓稠状，加入①、②充分混合，成为③

将③淋在米饭上
再均匀撒上切
碎的Mozzarella

烤箱预热200℃
放入
200℃上火烤10分钟

tips
Mozzarella,奶酪的一种,拉丝效果超好!要放冰箱里保存

一句话营养

海鲜中的不饱和脂肪酸能使血液中的低密度胆固醇减少,同时还能抵抗血液凝固,从而减少老年人患冠心病、高血压和中风的几率。

我是熊猫,很胖很黑白!

This book really smell delicious
girlish, tasteful and fashion
131

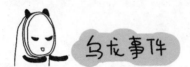

乌龙事件

饭后小甜点,
笑一笑帮助消化

9F

维修中

电梯坏了?!
走楼梯吧...

20F

总算... 快
到了...

红豆饭团

冬天的时候人总是会想起春天的明媚，尽管春天有讨厌的杨絮。大概人总是对逝去的和未来的事物充满好感吧。冬天来了，春天也不远了。

红豆

→ 红豆用温水泡软
（用保温杯就省去换水的麻烦）

煮/蒸
按照稍软的饭放水

米

→ 米用凉水泡5小时以上（可以上班前泡上，回家就可以用了。需出差的人慎用）

椰奶

→

边搅拌红豆饭边加入适量椰奶，使椰奶被饭吸收

捏或用模具做成小团

充满春日温情
的红豆饭团

※在热油里炸一炸
还有独特风味哦

一句话营养

红豆对于肾脏、心脏、脚气病等形成的水肿具有改善的效果，除了可以利尿、预防便秘外，还具有解毒、催吐等作用。

用忙碌采稀释烦恼

神秘的面包

当里特捷安特·潘达 (little) 还是小学一年级的小盆友时，潘达妈妈将她送到远在郊区的动物园小学。虽然学校里有猴子、河马、大象。但是潘达依然觉得生活中缺少温暖。直到一个冬日的午后，潘达妈妈突然出现在学校，从妈妈手上接过像芒果一样的面包，潘达瞬间感受到亚热带沙滩的阳光，一口下去，牙齿穿越香甜松软碰到紧致的火腿肉，然后又回归到松软美妙的感觉立刻传递到全身... 面包的名字是一个谜，于是潘达叫它—— **神秘的面包**

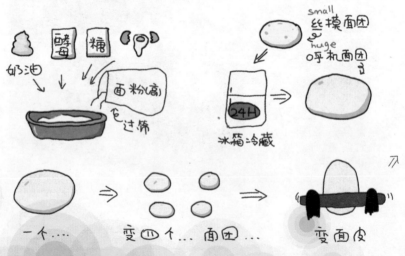

奶油 酵母 糖

面粉(高)

过筛

small 丝摸面团

huge 呼机面团

24H

冰箱冷藏

一个.... 变四个... 面团... 变面皮

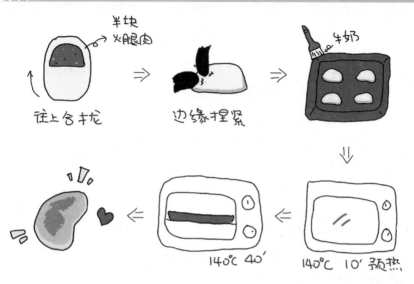

半块
火腿肉

往上合拢

边缘捏紧

牛奶

140℃ 40'

140℃ 10' 预热

经过烹调或烘
焙后的面粉蛋
白质较容易消
化，因其所产
生的面筋易和
消化液接触，
所以面包比其
他食物都容易
消化。

做白日梦是最好的休闲

素烧冬瓜

考取营养师证的老妈推荐了不少有营养的蔬菜,可只有冬瓜是喜欢的。最重要的是冬瓜可以阻止糖转化为脂肪,是减肥的哦!♥冬瓜还有个秘密哦,虽然叫冬瓜,但它是夏天成熟的,因为表面会有一层白霜就像冬天下❄一样。

Shopping List

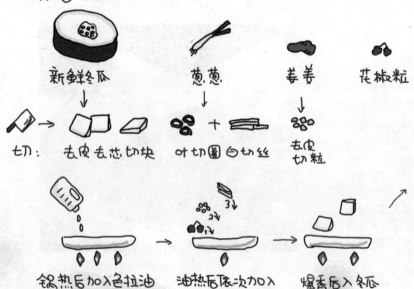

新鲜冬瓜　　　　葱葱　　　姜姜　　花椒粒

切:　去皮去芯切块　叶切圈白切丝　去皮切粒

锅热后加入色拉油　油热后依次加入　爆香后入冬瓜

一句话营养

冬瓜与其他瓜菜不同的是它不含脂肪，含钠量、热量都很低，有助减肥。

盐 胡椒粉 水加至淹没冬瓜

翻炒后加水和调料并加盖

冬瓜变半透明时加入葱.叶

完成 装盘上桌

tips:

挑选冬瓜时要选肉多的.手指轻按不会起坑的.色拉油放一点点即可这道菜的汁拌饭很美味,所以要控制住饭量!

每次早起都像一场战役

This book really smell delicious
stylish, tasteful and fashion
139.

夏觉荷风小螺

夏天，大家都说是喧闹的，不停地叫，像烙铁一样。可是，会不会是因为我们太浮躁了呢？傍晚，一点点风掠过荷塘，荷叶摇摆数下，小螺们吓得缩回了头。夏天么，其实也有这么心平气和的时候呢！

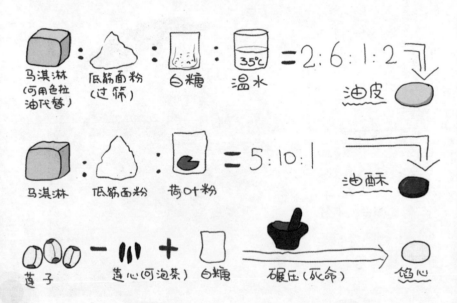

马淇淋
(可用色拉
油代替) : 低筋面粉
(过筛) : 白糖 : 温水
35℃ = 2 : 6 : 1 : 2 → 油皮

马淇淋 : 低筋面粉 : 荷叶粉 = 5 : 10 : 1 → 油酥

莲子 — 莲心(可泡茶) + 白糖 碾压(死命) → 馅心

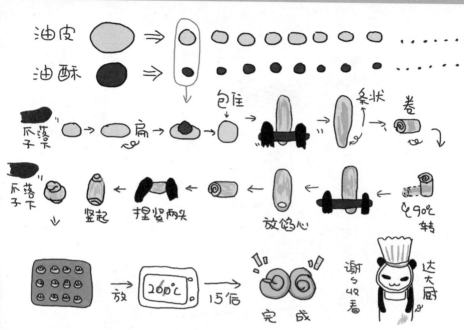

油皮

油酥

包住 条状 卷

下剂子

下剂子 竖起 捏紧两头 放馅心 约90℃转

放 200℃ 15后 完成 谢5收看 达大厨

一句话营养

莲子补虚损,养心安神,健脾止泻,补肾止遗。用于心虚或心肾不交所致的失眠、心悸、脾虚泄泻、遗精、尿频、白浊、带下等症。

生活在赶我还是我在赶生活?

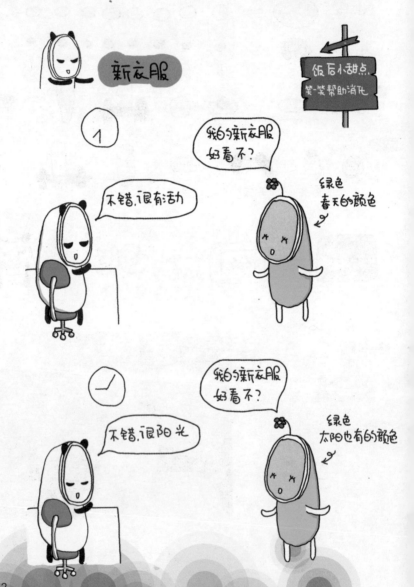

要说出来哦

姜饼男与姜饼女紧挨着在柜台里,他爱上了她,但他不知道怎么开口;她爱上了他,但她害羞没有开口。后来,她裂成了两半。人编了这个故事,但依然不开口说出自己的心意。

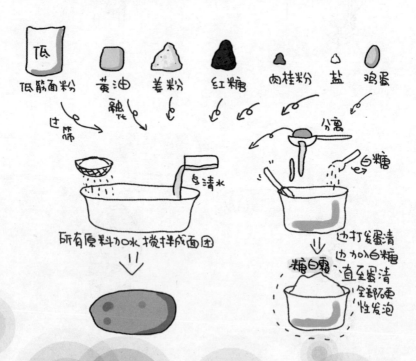

低筋面粉　黄油 融化　姜粉　红糖　肉桂粉　盐　鸡蛋

过筛

多清水

所有原料加水 搅拌成面团

分离

白糖

边打发蛋清
边加入白糖
直至蛋清
全部硬
性发泡

糖白霜

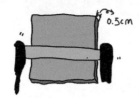

将面团擀成0.5cm厚的面片

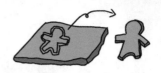

用人型模具扣出人型面片

将烤好的姜饼人放烤架上完全冷却

放入220℃烤箱,烤10分钟左右

装上糖白霜的裱花袋 还可加入食用色素染成彩色哦

用裱花袋装上糖白霜装饰姜饼人

一句话营养

红糖是未经精炼的粗糖,保留了较多的维生素与矿物质。特别适合体弱、大病初愈的人吃。

家中舒适度温度过佳

sunshine!

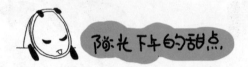

阳光下午的甜点.

有阳光的下午.没有工作的下午.虽然难得但也有那么多的无聊.
发一会呆.收拾一会桌子.再往纸上乱涂一通…小小的运动量
也能带来饥饿感。吃还是不吃,对于要减肥的人是个问题,
潘达最终还是伸出了"黑手"。

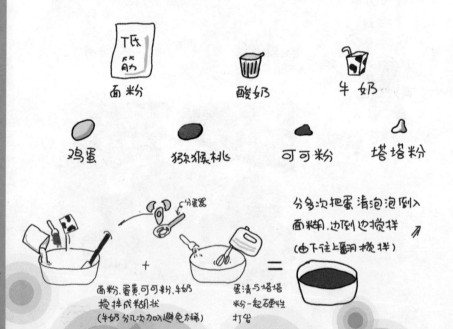

面粉　　　　　　酸奶　　　　　牛奶

鸡蛋　　　　　猕猴桃　　　　可可粉　　　塔塔粉

分蛋器

面粉.蛋黄.可可粉.牛奶
搅拌成粉糊状
(牛奶分几次加以避免太稀)

蛋清与塔塔
粉一起反复生
打发

分多次把蛋清泡泡倒入
面糊.边倒边搅拌
(由下往上翻拌搅拌)

※硬性打发简单说来就是:

用手指沾一点泡沫,泡沫
可以直立在手指上

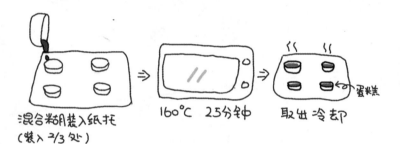

混合粉糊装入纸托
(装入 2/3 处)　　　160℃　25分钟　　　取出冷却
蛋糕

猕猴桃去皮切片　　　放到蛋糕上　　　再放上一点酸奶

放入盒子　　　　存放到冰箱冷藏　　　想吃就吃

空了
T-T

明明自己偷
吃完了嘛

如果像苹果那么大… 如果像西瓜那么大…

如果像沙发那么大… 如果比我还要大…

为虾米猕猴桃要长这么小!!!

一句话营养

猕猴桃含有优良的膳食纤维和丰富的抗氧化物质,能够起到清热降火、润燥通便的作用,可以有效地预防和治疗便秘和痔疮。

因为身体里藏着魔鬼和天使,所以体重像两个人

一屋子香味的鸡腿饭

一个人做饭时有时候会想屋里有个力大无穷的男人就好了。他可以帮我把鸡腿里的骨头剔出来。但是热爱厨房的男人难求，超市出售的去骨鸡腿却有很多。一个人吃饭时有时也会想屋里有个大胃的男人就好了，他可以把所有的菜吃得精光。但是两个人的晚饭会打消呼朋唤友的念头。

煎鸡腿部分

大鸡腿(一人一个)　　酱油　　料酒　　白糖

米饭部分

大米　　　蒜　　姜　　高汤

米饭制作：

姜、蒜切成细粒小火烧热色拉油，倒入姜、蒜炒香，蒜变金黄时倒入洗好沥干的大米，翻炒至锅内无液体

炒米及姜、蒜倒入电饭煲(高压锅、蒸锅或其他锅亦可)倒入适量高汤(也可用鸡精、干贝素等调料代替)

开始煮饭

煎鸡腿部分

鸡腿去骨，用酱油、料酒腌泡15～20分钟中

将鸡皮多的一面放进刷了一层色拉油的热锅中，小火煎，皮呈金黄时番羽面煎。

鸡腿两面煎好后，倒入腌料至鸡腿半淹，盖上盖子，小火煮10分钟左右。

淋上锅内剩余酱汁

将鸡腿切条，装盘。

用筷子轻戳鸡腿，确定肉软后，加入白糖，大火收汁2分钟中

一句话营养

姜能改善食欲，增加饭量，俗话说："饭不香，吃生姜。"

厨房的魔法让生活更美好

不喜欢黄金,觉得这么金灿灿的太过富贵.但是,当潘达的弟弟金富贵出现后,潘达爱上了温暖的金色.金富贵是金光闪闪的金毛巡回犬.它喜欢在阳光下奔跑,让金色舞动.富贵这个名字也让人心头充满愉悦。

油面筋　　肉末　　细粉丝　　干香菇　　胡萝卜

葱　　　姜　　　盐　　　花椒面　　白胡椒面

准备工作
1. 干香菇用温水泡开,洗净,泡香菇的水滤去渣,备用
2. 粉丝用凉水泡软

刀的时间:

→ 粉丝切2-3cm长段

→ 香菇胡萝卜切小拇指
指甲大小的块

→ 葱白切段,葱叶切圈

→ 姜切片

熬煮时间

锅中倒入泡香菇的水,再加入清水至略高于可浸没油面筋的高度,大火烧开后加入姜片、葱段、盐、胡椒面,转小火,盖上锅盖。

在熬煮同时进行填充工作

将肉末、粉丝、香菇、胡萝卜、花椒面充分搅拌

用手指小心地在油面筋上戳个洞,并把油面筋内部按实(千万别按破0哦)

把馅料填入油面筋(不要太贪心把面筋撑破)

大火开盖煮15分钟捞起油面筋

撒上葱叶圈开吃!

幸福就在碗里

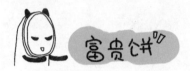

如果前面的馅料有多余的话，我们来做下一道菜吧

这两道菜放一起是不是可以叫"两只富贵"？

（"富贵乖，你永远是独一无二的'富贵'"）

锅烧热，倒入馅料翻炒5分钟
略加酱油，染色均匀后盛出

稍凉后与面粉和上一道菜的汤汁
搅拌成糊状

烤盘铺锡纸，倒入0.5cm厚的糊
抹平表面

(烤好后体积基本不变,注意面粉用量)

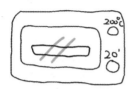

放入 200°C 烤箱,上下火烤至
金黄色,约 20 分钟

一句话营养

香菇体内有一种一般蔬菜缺乏的麦留醇,它经太阳紫外线照射后,会转化为维生素 D,这种物质被人们吸收后,对于增强人体抵抗疾病的能力,起着很大的功效。

你只要感动自己

果蔬的保健知识.

"水果皇后"草莓
减肥效果超好哦!

柠檬可杀菌,
除臭,还可
美白,是厨房
必备物

鸡蛋健脑
益智,可改善记
忆力!

冬吃萝卜夏吃姜,
不要医生开药方!

众多蔬菜中,菜花的
抗癌效果最好!
绿色的比白色的
更强悍!

猕猴桃是水果中
最有营养的,而且可
以——→美容

an apple a day
keeps the doctor away

颜色深的番茄含有更多的番茄红素

豆角里有很多优质蛋白和矿物质!

蘑菇有丰富的营养物质,而且好吃又减肥❤

厨房功夫

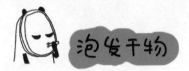

人类很麻烦呢.先费尽心思把新鲜食材制成干物,然叵要费尽心思把干物变回水当当的模样

木耳

半小时--小时,体积变大1-2倍,颜色变深,带光泽

莲子

3小时以上,体积变化不大,口会张开

粉丝

凉水

15-30分钟,体积略变大,变软变透明

竹荪

半小时--小时,网状部防体积变大2倍以上

年糕

半小时--小时,体积变化不大,粘在一起的可以轻松分开

干虾

热水加盖

半小时,体积变化不大.去壳变得容易

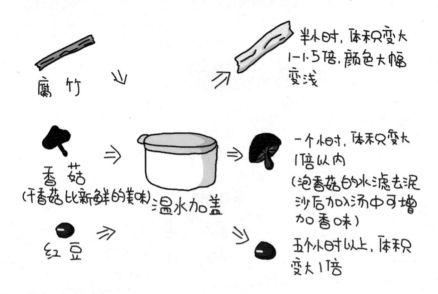

腐竹 ⇘ ⇗ 半小时, 体积变大 1-1.5倍, 颜色大幅变浅

香菇
(干香菇比新鲜的美味) 温水加盖 ⇒ 一个小时, 体积变大1倍以内
(泡香菇的水滤去泥沙后加入汤中可增加香味)

红豆 ⇗ ⇗ 五个小时以上, 体积变大1倍

干物女? 那还是继续吧

大片

补救措施

试吃是厨子应尽的义务…

太辣

白糖、牛奶可中和
辣味

太酸

米酒可中和
酸味

太咸

土豆片、白糖可中和
咸味

太腻

有糊味

啤酒可消除肥肉
的油腻感

葱段和姜片可以吸掉糊味
（葱粉、姜粉没这个功效）

空空如也！

于是，就试吃饱了...

兵器使用技巧

厨房是个战场，锅、刀、瓢、盆便是十八般兵器。

肉肉　寿司

切肉、寿司(或饭团等)时在手边准备一盆凉水，往刀上抹上凉水再切防止粘黏

切面包、馒头等易碎食物前将刀烤热可防止食物碎裂

刀是厨房必备兵器，一把宝刀是不能有锈斑和异味的

抹布

姜

用完后要立即清洗　　应擦干保存　　用姜擦刀可去除异味

✗

✗

不可长时间浸在水里　　不可湿嗒嗒地放

半个洋葱

菜板也是易沾上怪味
和隐藏 细菌的兵器

将生洋葱对切,用
切口面擦试菜板

放热水下用钢擦或
抹布死命擦洗

※特别注意:
金属不可进微波炉

 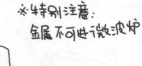 

放进微波炉高温2分钟

用洗干净的水淋湿抹布盖上

火焰上的江湖

做菜的第一要素是具备一颗充满激情又从容的 ❤，其次是对王牌武器的掌控，比如盐。

炒菜、肉时要等食物熟后再加盐，然后迅速翻炒后出锅

炖汤或做汁水很多的菜时应在盛起前"咕噜咕噜"时加盐，不要搅动，让翻滚的汤汁揽匀盐

筛子

盐是最好的调味品，制作甜味面包、蛋糕时加入少量盐可使甜品更美味

炒菜前如果油飞溅，可撒上几粒盐"平息动乱"

长瑜伽还赞的饭后运动

饭后清洗厨房不能塑造出完美体形,也不能把多余的肉肉瞬间消灭完,但却是有效的快速消除饱胀感和饭后瞌睡虫的方法

油腻的餐具先用纸巾擦去油,再用热水+洗洁精洗干净

装过鸡蛋或面粉的容器用冷水浸泡后再清洗可大大降低痛苦指数

对于台面上的印渍可用南瓜叶擦拭后再用清水洗净

往瓷砖上的顽渍贴上浸湿过的纸巾,10多分钟后撕下,用抹布可轻易铲除

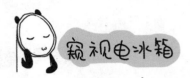

窥视电冰箱

年历

自制环保
布袋子 ♥

169.

冷藏室布局原则

剩饭菜放上层靠内，熟食靠外；生的非肉原料放下层靠内，水果蔬菜靠外；生肉、保存时间长的原料放盒子里

剩菜　自制豆浆　剩饭

酸奶　蛋糕　即食品

鸡蛋　猕猴桃

豆腐　神秘包

酱料　番茄酱　未吃完的零食　密封夹

水果　蔬菜

出门前放进来解冻的鱼

土豆　姜

大瓶瓶饮料（居家必备）

冻藏肉（一天内吃掉）

冷冻室布局原则：

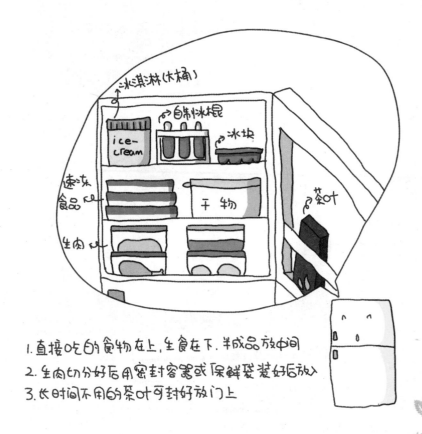

冰淇淋（大桶）

自制冰棍

冰块

ice-cream

速冻食品

干物

茶叶

生肉

1. 直接吃的食物在上，生食在下，半成品放中间
2. 生肉切分好后用密封容器或保鲜袋装好后放入
3. 长时间不用的茶叶可封好放门上

冰箱的小肚兜

把食物保质期标注在
小肚兜上．提醒自己在
保质期内消灭完食物

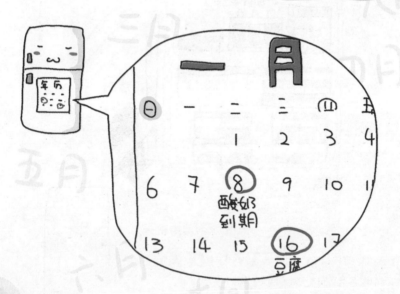

神秘包揭秘

用牛皮纸包裹的葱与香菜 ^_^。每次都买一捆回来.可每次却吃得不多.

新买回的葱与香菜放带孔的筐子里晾干表面的水

把牛皮纸揉皱
↓
文具店有售

葱与香菜放皱纸上.然后卷紧

放进冰箱冷藏

要用时按需所取.剩下的包好放回冰箱.此法可使葱.香菜保持新鲜达一个月以上

吃完饭笑一笑帮助消化！

嘴角上扬有助食欲 ^_^

潘达妈的小黑板

错误的常见搭配

每天吃五种颜色的食物

食用油的摄入量

一日营养搭配表

廿日营养摄入量为

错误

饭吃七分饱

主讲人：潘达妈，国家高级营养师

盐的摄入量

盐的摄入量为 5克/每人每天

5克盐 = 🌭 一啤酒瓶盖那么多

5克盐 = 🫙 + 🫙 + 🍶 + 🏺 + 🍶

　　　　食盐　味精　酱油　各类酱料　蚝油

+ 🍌 + 🥓 + 榨 + others

　香肠　腊肉/腌肉　榨菜/咸菜　其他咸味食物

过度摄入盐会诱发高血压、心血管病,还会影响
钙的吸收,导致骨质疏松

食用油的摄入量

食用油的摄入量为 25克/每人每天

25克油 = 🍽 ×4 四喝酒盖

可将一家人一天所需的油量算出来用
带刻度的油壶装。如潘达一家

75g

潘达妈 + 潘达 + 金富贵 = 🥤
　　　　　　　(潘达弟)

食用油 = 饱和脂肪酸 + 单不饱和脂肪酸
　　　　　 + 多不饱和脂肪酸
三种脂肪酸含量差不多的油是每日最佳选择

girlish,tasteful and fashion
This book really smell delicious
177.

每天吃五种颜色的食物

红色蔬果　　植物油/脂肪　黄色蔬果

A Day

豆制品　奶　蛋　米/面等淀粉

绿色蔬果

内脏/血　菌类

海苔/海藻

178.
Picture Cookbook
Monday, Tuesday, Wednesday...everyday I need this book!

一日营养搭配表

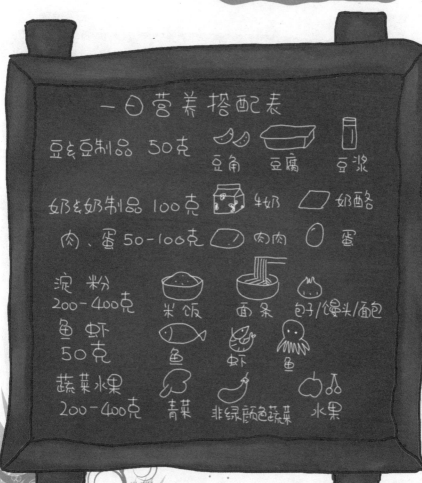

一日营养搭配表

豆&豆制品 50克 　豆角　豆腐　豆浆

奶&奶制品 100克 　牛奶　奶酪

肉、蛋 50-100克 　肉肉　蛋

淀粉 200-400克 　米饭　面条　包子/馒头/面包

鱼虾 50克 　鱼　虾　鱼

蔬菜水果 200-400克 　青菜　非绿颜色蔬菜　水果

错误的常见搭配

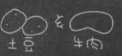

土豆 & 牛肉

土豆炖牛肉很经典,但,由于两者消化所需胃酸浓度不同,同食会引起胃痛

茶叶 & 鸡蛋

茶叶蛋是许多妈妈解决孩子不爱吃鸡蛋的绝招.可是茶叶与鸡蛋的组合会对胃有相当大的刺激

小葱 & 豆腐

小葱拌豆腐不仅一青二白,还会产生草酸钙,使钙质吸收困难

海鲜 & 维生素C

海鲜+维生素C=砒霜.是居家旅行杀人灭口必备毒药

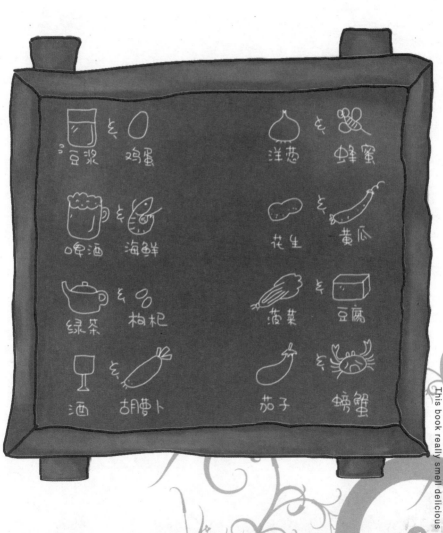

豆浆 与 鸡蛋

啤酒 与 海鲜

绿茶 与 枸杞

酒 与 胡萝卜

洋葱 与 蜂蜜

花生 与 黄瓜

菠菜 与 豆腐

茄子 与 螃蟹

人人都是食神

"人人都是食神"《食神》里的经典台词. 成为食神的诀窍便是用心——为劳累一天的人做的菜里少放一点盐 ⌣ ……装盘前擦干盘子里的水 ✦……当这些小动作成为习惯时, 你便是食神了.

距离上一本书完成又是一年, 这一年中我还是那只不爱上班就喜欢在自己的世界里发呆的熊猫 ◡, 只是生活给了我很多惊喜. 比如一个充满阳光的女孩、烤箱 ▣、新游戏机 ▯和平息我难过情绪的人.

收获是快乐的, 吃着自己烤的面包 ◠, 就算有点糊, 心里也是有甜蜜的感觉. 为了收获而劳作更是件快乐的事情, 比如现在我想着为大家做饭就会很高兴, 但是现在我能做的只是在这篇文字后藏上两张画, 我已经在想象你们看到后的表情了 ^—^

完成了这本食谱, 又要开始寻找生活中新的乐事了. 让自己忙碌起来才是养生之道, 这样可以减少叹气的时间. 那么, 我们一起去探险吧, 寻找让人快乐年轻长生不老百毒不侵的大宝石!

最后, 感谢对我的"实验品"竖大拇指的小盆友, 感谢陈叔叔.

妈妈, 我爱你!

捷安特·潘达
写于我们的纪念日 ^—^

向日葵会忘记太阳的方向
因为她只想把笑脸
展露给喜欢的人

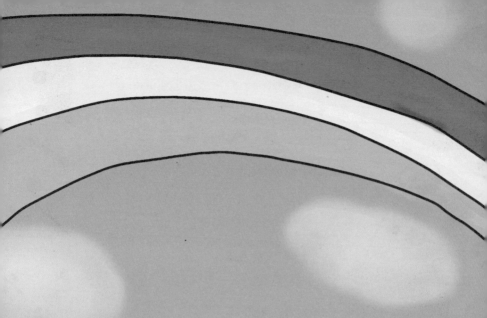

www.smsmblog.com
记录生活的每个细节

图书在版编目（CIP）数据

我的小煮意 / 捷安特·潘达著.—北京：中国画报出版社，
2008.9
ISBN 978-7-80220-332-7
I.我… II.捷… III.菜谱 IV.TS972.12

中国版本图书馆CIP数据核字（2008）第144300号

作者：捷安特·潘达
特约编辑：陈 巧
封面设计：吉 安
版式设计：吉安工作室·周哲

我的小煮意

出版人：田 辉
责任编辑：王少娟
出版发行：中国画报出版社
（中国北京市海淀区车公庄西路33号，邮编：100044）
电话：88417359（总编室）、68469781（发行部）
网址：http://www.zghbcbs.com
电子邮箱：cpph1985@126.com
印刷：北京京都六环印刷厂
监印：敖 晔
经销：新华书店
开本：889×1194mm 1/32
印张：6
字数：30千字
版次：2008年10月第1版第1次印刷
ISBN 978-7-80220-332-7
定价：24.80元